나는 문이다

나는 문이다

문정희 시집

민음사

〈나는 문이다〉를 다시 펴내며

오직 하나의 문인
『나는 문이다』를
다시 세상에 내놓는 마음이 벅차다.

나는 문이다.

하늘 아래 내가 있다.

"응"!

꽃처럼 찬란한 호흡이 차오른다

2016년 한강을 보며
문정희

2007년판 자서

나는 문이다
하늘 아래 문이 있다

이제 문을 잊고 싶다

나는 문이 아니다

2007년 여름
문정희

차례

1부

2부

시인의 말

1부

아침 이슬

지난밤 무슨 생각을 굴리고 굴려
아침 풀잎 위에
이렇듯 영롱한 한 방울의 은유로 태어났을까
고뇌였을까, 별빛 같은
슬픔의 살이며 뼈인 생명 한 알
누가 이리도 둥근 것을 낳았을까
고통은 원래 부드럽고 차가운 것은 아닐까
사랑은
짧은 절정, 숨소리 하나 스미지 못하는
순간의 보석
밤새 홀로 걸어와
무슨 말을 전하려고
아침 풀잎 위에
이렇듯 맑고 위태한 시간을 머금고 있는가

당신의 손가락에 보석이 빛날 때

당신이 이 시를 읽을 때
시인의 눈물은 잊어도 좋습니다
당신의 손가락에 보석이 빛날 때
그물채로 사금을 거르던 여자의
찢어진 옷 사이로 내비치던 검은 살과
진흙더미 속에 깨어진 손톱은
제발 잊어도 좋습니다
당신의 손가락에 보석이 빛날 때

시를 쓰며 눈물을 캐며
그 깊은 침묵 속으로 누가 다녀갔는지
얼마나 슬픈 고백을 했는지
그때 번개는 얼마나 뜨거이 울부짖었는지
그래서 혹시 이 보석이
숨 막힐 듯 빛을 발하는 것은 아닌지
당신은 굳이 몰라도 좋습니다

바람결에 돌연 향기가 차오를 때
반짝하고 혹시 시가 떠오를 때

당신의 손가락에 보석이 빛날 때
시인이 흘린 핏빛 눈물은
제발 잊어도 좋습니다

뼈의 노래

짧은 것도 빠른 것도 아니었어
저 산과 저 강이
여전히 저기 놓여 있잖아
그 무엇에도
진실로 운명을 걸어 보지 못한 것이 슬플 뿐
나 아무것도 아니어도 좋아

냇물에 손이나 좀 담가 보다
멈춰 섰던 일
맨발 벗고 풍덩 빠지지 못하고
불같은 소멸을 동경이나 했던 일
그것이 슬프고 부끄러울 뿐

독버섯처럼 늘 언어만 화려했어
달빛에 기도만 무르익었어
절벽을 난타하는
폭포처럼 울기만 했어

인생을 알건 모르건

외로움의 죄를 대신 져 준다면
이제 그가 나의 종교가 될 거야

뼛속까지 살 속까지 들어갈걸 그랬어
내가 찾는 신이 거기 있는지
천둥이 있는지 번개가 있는지
알고 싶어 보고 싶어 만나고 싶어

화살 노래

이 말을 할 때면 언제나
조금 울게 된다
너는 물보다도 불보다도
기실은 돈보다도 더 많이
말을 사용하며 살게 되리라
그러므로 말을 많이 모아야 한다
그리고 잘 쓰고 가야 한다

하지만 말은 칼에 비유하지 않고
화살에 비유한단다
한번 쓰고 나면 어딘가에 박혀
다시는 돌아오지 않기 때문이다

날카롭고 무성한 화살 숲 속에
살아 있는 생명, 심장 한가운데 박혀
오소소 퍼져 가는 독 혹은 불꽃

새 경전의 첫 장처럼
새 말로 시작하는 사랑을 보면

목젖을 떨며 조금 울게 된다
너는 물보다도 불보다도
돈보다도 더 많이
말을 사용하다 가리라
말이 제일 큰 재산이니까
이 말을 할 때면 정말
조금 울게 된다

뿔

한 달포 동안
골방에 갇혀 글만 읽었더니
전신에 털이 자라 몽롱하다

돈이 쓰고 싶다
무언가를 갉지 않으면 이빨이 솟아
제 입술을 뚫는다는 시궁쥐처럼
근질근질하다
나는 현실이 아니다

할 수 없이 나는 철저한 속물
아니, 괴물이다
이마에 솟은 뿔을
벽에다 쿵 쿵 받아 본다

온몸이 가려운 이 소비도시의
시궁쥐임에 틀림없다
돈을 쓰러 가야겠다
저 미친 자동차의 물결에 합류해야

가려움증이 시원하게 나을 것 같다
돈으로 물어뜯고
생생한 뿔로 들이받고 싶다
숨 쉬고 싶다

거웃

마지막으로 아래 털을 깎이었다

초경과 함께
수풀처럼 돋아난 거웃을
뱀의 비늘 같이 차가운 면도날이
스윽스윽
지나간 후
나는 털 없는 여자가 되었다

드디어 철 침대의 바퀴는
서서히 굴러
수술실이라 쓰인 문 안으로
들어갔다

자, 뭐냐?
이제 남은 것은?
오오, 몸서리친 한 덩어리 고기
곧 핏물을 흥건히 내뿜으리라

고무장갑과 칼과 핀셋이
신과 심각한 의논을 하는 동안

오직 공포 한 마리가
처절한 짐승처럼
한 생명을 지키고 있으리라

동백꽃

나는 저 가혹한 확신주의자가 두렵다

가장 눈부신 순간에
스스로 목을 꺾는
동백꽃을 보라

지상의 어떤 꽃도
그의 아름다움 속에다
저토록 분명한 순간의 소멸을
함께 꽃피우지는 않았다

모든 언어를 버리고
오직 붉은 감탄사 하나로
허공에 한 획을 긋는
단호한 참수

나는 차마 발을 내딛지 못하겠다

전 존재로 내지르는

피 묻은 외마디의 시 앞에서
나는 점자를 더듬듯이
절망처럼
난해한 생의 음표를 더듬고 있다

화장을 하며

입술을 자주색으로 칠하고 나니
거울 속에 속국의 공주가 앉아 있다
내 작은 얼굴은 국제 자본의 각축장
거상들이 만든 허구의 드라마가
명실공히 그 절정을 이룬다
좁은 영토에 만국기 펄럭인다

금년 가을 유행색은 섹시브라운
샤넬이 지시하는 대로 볼연지를 칠하고
예쁜 여자의 신화 속에
스스로를 가두니
이만하면 음모는 제법 완성된 셈
가끔 소스라치며
자신 속의 노예를 깨우치지만
매혹의 인공향과 부드러운 색조가 만든
착시는 이미 저항을 잃은 지 오래다

시간을 손으로 막기 위해 육체란
이렇듯 슬픈 향을 찍어 발라야 하는 것일까

안간힘처럼 에스티 로더의 아이라이너로
검은 철책을 두르고
디오르 한 방울을 귀밑에 살짝 뿌려 마무리한 후
드디어 외출 준비를 마친 속국의 여자는
비극 배우처럼 서서히 몸을 일으킨다

나의 아내

나에게도 아내가 있었으면 좋겠다
봄날 환한 웃음으로 피어난
꽃 같은 아내
꼭 껴안고 자고 나면
나의 씨를 제 몸속에 키워
자식을 낳아주는 아내
내가 돈을 벌어다 주면
밥을 지어주고
밖에서 일할 때나 술을 마실 때
내 방을 치워놓고 기다리는 아내
또 시를 쓸 때나
소파에서 신문을 보고 있을 때면
살며시 차 한잔을 끓여다 주는 아내
나 바람나지 말라고*
매일 나의 거울을 닦아주고
늘 서방님을 동경 어린 눈으로 바라보는
내 소유의 식민지

명분은 우리 집안의 해
나를 아버지로 할아버지로 만들어주고
내 성씨와 족보를 이어 주는 아내
오래전 밀림 속에 살았다는 한 동물처럼
이제 멸종되어 간다는 소식도 들리지만
아직 절대 유용한 19세기의 발명품** 같은
오오, 나에게도 아내가 있었으면 좋겠다

* 미당의 시 「내 아내」 중에서.
** 매릴린 옐롬의 『아내』 중에서.

물새

저물녘 석모도 앞 바다에 떠 있는
저 물새는 한 채의 암자 같다
푸른 멍 같은 바다를 깔고 앉아
가파른 물살들을 잠재우는 것을 보라

쉴 새 없이 기우뚱거리는 마음
차가운 심연에 담그고
발로 자맥질하여
물 위에 암자를 세운
저 새는 누구일까

나인지도 모른다
산허리를 돌아
도무지 뜻을 알 수 없는
어둠이 내려오는 시간
날개로 허공을 밀며
천 리를 달려온 저 새
움직이지 않고
홀로 또 천 리를 가고 있다

이렇게 말해도 될는지
생이란 물 위에 뜬 하루라
바람의 발목을 잡고 끝없이 출렁이는
생이란 하나의 질문인지도 모른다

고달픈 아랫도리 물에 담그고
문득 좌선에 든 저물녘의 석모도
물 위에 뜬 암자를 향해
조바심처럼 돌을 들어
나는 힘껏 화두 하나를 던진다
바다의 살점이 붉은 고통처럼 치솟는다
날개를 펼치고 암자는
불현듯 알 수 없는 곳으로 사라진다

비올라

사철 흰 눈을 머리에 이고 서 있는
만년 설산 그 정상쯤에 이르면
낮게 낮게 무릎을 꿇고 사는
자작나무 군락이 있다네*

그중 하나 베어다가
악기를 만들면
별들도 몸을 떠는
한 소리가 태어난다네

비올라 비올라
곧 비가 올 것 같은
슬프고 장중한 소리

혹은 봄이
혹은 가을이
서쪽에서 찬비로 몰려와

사람의 살과 뼛속 깊이
들어앉는 소리

낮게 낮게 무릎을 꿇은
자작나무의 혼이
사랑하는 사람을
호명하는 소리 울린다네

얼음 번개도 없이
만년 설산이 파고든다네

* 김주영의 『아라리 난장』 중에서.

유리병

얼음의 자손들이 피워 낸
눈부신 꽃 한 송이

누군가는 곧 사라질 거라며
얇고 투명한 혈통을 불신하지만
저만큼 구체적으로
반야(般若)*를 드러내고 서 있는
육신이 있으랴

끝없이 슬픔을 퍼 올리는 몸짓
허공을 향한 침묵으로
가득 빈 세계를 보라

맑은 상상력과 감각적인 언어
반뜩이는 긴장감 속에
지금 막 겨울 무지개가 떠오르고 있다

저 오묘한 얼음꽃이
천 도의 불길을 견디고 피어난
진정 화염의 피조물인가
날카로운 슬픔이 살짝만 부딪혀도
쉽게 부서지는 것을 보면
누군가 그 속에
사랑의 절정을 새기려 했음도
금방 알겠다

* 만물의 본질을 훤히 꿰뚫어보는 참 지혜.

집 이야기

태어날 때부터 여자들은
몸 안에 한 채의 궁전을 가지고 태어난다
그래서 따로 지상의 집을 짓지 않는다
아시다시피 지상의 집을 짓는 것은 남자들이다
철근이나 시멘트나 벽돌을 등에 지고
한 생애를 피 흘리는
저 남자들의 집짓기, 바라보노라면
홀연 경건한 슬픔이 감도는
영원한 저 공사판의 사내들
때로 욕설과 소주병이 나뒹구는
싸움을 감내하며
그들은 분배를 위한 논리와
정당성을 만들기 위한 계략을 세우기도 하지만
우리가 사랑하는 남자들은
이내 철거되고야 말 가뭇한 막사 한 채를 위하여
피투성이 전쟁터에서 생애를 보낸다
일설에 의하면 그들은 자신들이 태어난
여자들의 궁전으로 돌아와
자주 죽음을 감수하곤 한다고도 하지만

역사는 아무리 생각해도 잘 모르겠고
그저 오묘할 뿐이다 태어날 때부터 몸 안에
궁전을 가지고 태어나는 인간의 종(種)이 있다니
그들이 오랫동안 박해를 받고
끝없는 외침에 시달리는 것도
생각해 보면 당연한 귀결인 것 같다

민들레의 무릎

오늘 부드러운 깃털의 혼으로
허공을 날아다니던 그녀가
지난봄 길가에 앉아 먼지를 뒤집어쓰고
좌선을 했다는 것은 아무도 모른다
나무들이 지상에 초록 등뼈를 세우고
물속에 수초들이 유리 성을 짓는 동안
그녀는 낮은 땅에 얼굴을 대고
떠나간 사람들이 땅속에서 보내오는
소리를 들으며 깊은 슬픔에 잠겼었다
어느 나이가 되면
결혼도 자식도 버리고 집을 떠나
마치 부처처럼 가벼운 몸을 만든다는
천산 고원의 사내들처럼
봄이 무르익을 즈음
그녀는 꽃도 의자도 버리고
노랗고 신비한 미소를 호흡 속에 모으고
가벼이 일어섰다
깊이 꺾인 무릎이
홀연 깃털의 혼으로 일어설 때

그녀가 앉았던 자리에는
방금 다비를 마친 듯
흙더미 조금 고슬할 뿐
풀밭 어디를 둘러보아도
아무 흔적이 없었다

제비를 기다리며

제비들을 잘 돌보는 것은 우리 집 가풍
말하자면 흥부의 영향이지만 솔직히
제비보다는 박씨, 박씨보다는
박 속에서 쏟아질 금은보화 때문이지만
아시다시피 나는 가풍을 잘 이어 가는 착한 딸
처마 밑의 제비들을 두루 잘 키우고 싶답니다
하지만 요즘에는 강남에도
제비들이 좀체 나타나지 않아
지하철역에서 복권을 사서
주말이면 허공으로 날리기도 하고
참다못해 빈 제비 집에 손을 넣었다가
뜻밖에 숨은 뱀에게 물리기도 한답니다
포장마차에서 죽은 제비 다리를 구워 먹으며
시름을 달래며
솔직히 내가 기다리는 것은
박씨이거나 박 속에서 쏟아질 금은보화가 아니라
물 찬 제비!
날렵하게 사모님처럼 허리를 감고
한 바퀴 제비와 함께 휘익! 돌고 싶은 것은

누구보다 당신이 더 잘 아시겠지

2부

은밀한 노래

온몸을 쥐어짜는 염소의 울음에
벌판의 풀들이 흔들린다
네발로 딛고 있는 이 지상을
곧 떠나리라는 것을
염소도 풀들도 다 아는가 보다
저 지렁이도 아는가 보다
꿈틀댈 때마다
흙모래가 떨어진다
흐린 날이 아니어도
허공 가득히 검은 새들이 날아가고
꽃들은 서둘러 씨방을 만들어
몸속 가장 은밀한 곳에
간직하는 것을 보니
다 알고 있나 보다
길은 어디든 있을 뿐이며
지금 이 순간이 전부라는 것을

프리댄서

시계와 넥타이를 던져 버리고
프리댄서로 살기로 했어요
처음엔 직업을 문필업이라 했더니
대서방이나 도장 파는 사람으로 아는 이도 있어
시인이라고 했더니 이번엔 한유한 주부나
개량한복 입고 약초 기르는 공상가쯤으로 보더군요
어느 공항에서는 집시나 마약쟁이로
오해하기도 해서
그만 프리댄서 하기로 했어요
유랑하는 무소속의 전사로 살며
자유로이 창을 빼 든다는 프리랜서보다
아예 유리 천장이 뚫어지도록
허공을 날아오르는 프리댄서로 나갑니다
오색 등불 아래 네온사인 아래
이름도 몰라 성도 알 필요가 없는
익명의 가슴마다
사뿐사뿐 언어의 발자국을 찍는
황홀한 시인 지상의 무희
그 입술 붉은

이제부터 나는 프리랜서랍니다

석남꽃

새벽 두 시인데 잠을 이룰 수가 없어요
저녁때
청담 사거리를 묻는 남자에게
그만 봉은 사거리를 가리키고 말았어요
그 남자는 지금쯤 어디를 헤매고 있을까요

청담 사거리를 찾다 지쳐
수천 마리 귀뚜라미들을 데리고 쓰러져 있을까요
외줄에서 떨어진 줄광대처럼
산발한 어둠 속에 떨고 있을까요
푸줏간의 불빛처럼 충혈된 밤
사방에서 컹컹 내지르는 짐승 소리 속에
털썩 무릎을 꿇고 앉아
성직자처럼 기도를 올리고 있을까요

석남꽃 머리에 꽂고
사랑하는 사람을 만나러 온 신라의 남자처럼
벌써 죽어 아름다운 관에 누워 있을까요

내 불면의 가지 끝에 검은 눈썹달이
갈매기처럼 끼룩거리고 있어요

세상에는 왜 이리 길을 묻는 사람이 많을까요
헤맴뿐일까요
새벽 두 시인데 잠을 이룰 수가 없어요

그 소년

터미널에서 겨우 잡아탄 택시는 더러웠다
삼성동 가자는 말을 듣고도 기사는
쉽게 방향을 잡지 않더니
불붙은 담배를 창밖으로 휙 던지며
덤빌 듯이 거칠게 액셀을 밟았다
그리고 혼잣말처럼 욕을 하기 시작했다
삼성동에서 생선탕 집을 하다가
집세가 두 배로 올라 결국 파산하고 말았다 했다
적의뿐인 그에게 삼성동까지 목숨을 내맡긴 나는
우선 그의 사투리에 묻은 고향에다 안간힘처럼
요즘 말로 코드를 맞춰 보았다
그쪽이 고향인 사람과 사귄 적이 있다고 했다
그러고는 속으로 이 시를 시대 풍자로 끌고 갈까
그냥 서정시로 갈까 망설이는 순간
그에게서 믿을 수 없는 한 소년이 튀어나왔다
한 해 여름 가난한 시골 소년이 쳐다볼 수 없는
서울 여학생을 땡볕처럼 눈부시게 쳐다보았다고 했다
그리고 가을날 불현듯 그 여학생이 보낸
편지를 받았다고 했다 마치 기적을 손에 쥔 듯

떨려서 봉투를 쉽게 뜯지 못하고 있을 때
어디서 나타났는지 친구 녀석이 획 낚아채서
편지를 시퍼런 강물에 던져 버렸다고 했다
그는 지금도 밤이 되면 흐르는 불빛 속을 가면서
그때 그 편지가 떠내려가던 시퍼런 급류 앞에서
속으로 통곡하는 소년을 본다고 했다
어느새 당도한 삼성동에 나는 무사히 내렸다
소년의 택시는 그 자리에서 좀체 움직일 줄을 몰랐다

지도와 나침판

이토록 멀리 떠나온 것은
모험심 때문만은 아니었다
나는 낭비에 대한 두려움이 없었다
어떤 손도 지도와 나침판을 갖지 못한다
가령 그것을 유산으로 물려받은 사람도
그것이 곧 자신의 길과 일치하지 않음을
깨닫게 될 뿐
나 아직 큰 도서관 안으로 들어가지 못했지만
책 한 권을 찾아
찬찬히 읽고 배우고 싶지만
세상의 허리를
먼저 강물처럼 두루 돌고 싶었다
누군가 칼을 숨기고
내 꿈의 서식처로 들어와
시간을 잘라 길을 만들고
그곳에 나를 쓰러뜨리기 전
결투를 신청하듯이
내가 먼저 세상을 돌아보고 싶었다
지도와 나침판이 없어

내 영혼은

언제나 소독 냄새를 풍기고

부나비처럼 사랑의 꽃가루를 묻히리라

하룻밤

하룻밤을 산정호수에서 자기로 했다
고등학교 동창들 30년 만에 만나
호변을 걷고 별도 바라보았다
시간이 할퀸 자국을 공평하게 나눠 가졌으니
화장으로 가릴 필요도 없이
모두들 기억 속으로 풍덩 뛰어들었다
우리는 다시 수학여행 온 계집애들
잔잔하지만 미궁을 감춘 호수의 밤은 깊어갔다
무슨 말을 해야 할까
그냥 깔깔거렸다
그중에 어쩌다 실명을 한 친구 하나가
"이제 나는 눈에 보이는 것이 없는 년"이라며
계속 유머를 터뜨렸지만
앞이 안 보이는 것은 그녀뿐이 아니었다
아니 앞이 훤히 보여 허우적이며
딸과 사위 자랑을 조금 해 보기도 했다
밤이 깊도록
허리가 휘도록 웃다가
몰래 눈물을 닦다가

친구들은 하나둘 잠이 들기 시작했다
내 아기들, 이 착한 계집애들아
벌써 할머니들아
나는 검은 출석부를 들고 출석을 부르기 시작했다
가벼이 또 30년이 흐른 후
이 산정호수에 와서 함께 잘 사람 손들어 봐라
하루가 고단했는지 아무도 손을 드는 친구가 없었다

사막에서 만난 꽃

눈부신 맨살 드러낸
캘리포니아 사막에서
몇 년째 묵언 중인 스님을 만났다
햇살 부서져 흰 것뿐인 벌판에
기괴하게 몸을 튼 사라쌍수
기쁜 웃음 만발한 바위로 앉은
청화스님, 눕지 않고 그대로 십수 년이라

서울서 간 나에게 백지 내밀던
사막에 핀 한 송이 꽃 오늘 아침에
그 꽃을 태우는 다비 소식 실렸다
그야 새로울 것도 없는 일이지만
이 가을 어디선가
문득 흰 눈이 올 것 같아
그때처럼 백지를 내밀 것 같아
자꾸 하늘을 쳐다보았다

웃는 법

울지 마라 시인아
꽃들이 너를 보고 있다
눈부시게 웃는 법과
우아하게 옷 입는 법과
속살까지 깊게 물드는 법을 보여 주고 있다
너도 어서 꽃들처럼
아름답고 빛나는 옷을 입어 보렴
맑은 눈알을 눈물에 담그지 말고
방긋방긋 바람을 만나야지
꿈틀거리는 애벌레가
비단 날개를 달고 일어서는
긴 꿈을 사랑해 주어야지
너의 눈 속에 햇살이 담겨 있는 동안
뜨거운 입술로 타올라야지
속 깊이 꿈틀거리는 노래를
깊은 향기를 내뿜어야지

홀로 죽기

골목길을 걷다 그만 흙탕물에 빠졌다
어차피 산뜻하게 건너기는 틀렸다
한참을 허우적이다
아예 첨벙첨벙 온몸에 진흙을 묻히었다

문득 생이 환한 들판이로다
진흙 없이는 꽃도 없으니
한번 뒹구는 일 가상하도다

분명한 것은 탄탄대로로부터
너무 멀리 와 버렸다는 것이다

이제 목표는
홀로 서기가 아니다

홀로 죽기!
입에 꺼내 발음하고 나니
이상한 힘이 몰려온다

굴욕과 인내로 모은 훈장과 졸업장들
살 속에 남은 사랑의 흉터들
이제는 아니오 아니오 아니오
새벽닭이 울건 말건 모두 버리노니

진흙 냄새 사방에 향기로운
털끝마다 햇살이 물결친다

집시가 되어

이사를 하며 책 천 권을 버렸다
단숨에 몸무게를 10킬로그램 뽑아 버린 듯
가볍고 휘청하다
아름다운 혓바닥들이 모여 사는
흉계 가득한 궁전을 빠져나오니
나는 단숨에 아나키스트
나의 몸 어딘가에는
그들의 통치 아래 밤새워 새긴
고결한 문장이 몇 줄쯤 있지만
황제의 비단 옷자락에 얼굴을 묻고
감동으로 울먹였던 기억도 있지만
예속의 독한 혈청을 투여당한 환자처럼
또한 시들어 갔다
나는 누구를 동경하거나
피를 나눈 제 새끼를 기르며
옹기종기 살아가는 문약한
정주(定住)의 족속이 아니다
날마다 길을 떠나는 집시
옷을 벗어던지고 맨몸으로 싸우는

화적 떼의 아내이거나
하다못해 혈혈단신 화전민이다
하루에도 몇 번씩 더운 물을 퍼 올리는
신기한 도르래를 심장에 매달고
나는 새로이 망명길을 떠난다

타이어 가는 여자

성난 독사 같이
차들이 질주하는 큰길가
고장 난 차를 세워 놓고
한 여자가 타이어를 갈고 있다

바퀴에서 바람이 새기 시작한 것은 언제부터였을까
이혼 사유란에 그녀는 '성격 차이'라고 썼다

커브를 돌 때마다
시간의 마디에서 들려오는 신음 소리
위태로운 주행
심하게 비틀거리는 차체
드디어 그녀는 차를 세우고
부품을 조이고 마모된 언어를 갈았다

속력을 다시 낼 수 있을까
판사는 곧 '협의이혼'을 판결할 것이다

무릇 속력이란 무엇이며

어디를 향한 것인가
사람이 달리면
또 얼마를 달릴 수 있는 것일까

성난 독사 같이
차들이 질주하는 큰길가
흐트러진 머리칼을 쓸어 넘기며
한 여자가 혼자 바퀴를 갈고 있다

뉴욕 일기

그는 노회하고 힘센 창녀였다
오랜 비행 끝에 당도한 그해 가을
그는 나를 보자마자 대뜸 달려들더니
거칠게 옷부터 벗기기 시작했다
미친 예술들이 성병처럼 창궐하는 골목
벽마다 꾸불텅한 낙서들이 난무했다
세계의 경쟁들이 모여들어
피를 튀기고 있었다

항용 처음 만나는 것들은
독특한 처녀성을 주곤 하지만
그는 아니었다 빌어먹을
누구든 일시에 익명을 만들어 버렸다
이 난해한 포스트모던이라니
지구 위에 오직 하나뿐인 그에게
모든 것이 있고 모든 것이 없었다
사람들은 도무지 작아져서
혼자는 분명 크게 존재하고
서로의 눈에는 띄지 않았다

그것을 자유라고 불렀다
온통 다르고 하나하나 제멋대로인 것들이
서로 뒤엉켜 만들어내는
뜻밖의 긴장과 이상한 활력
그는 슈퍼스타 콤플렉스*에 사로잡힌
더러운 거인이었다
새롭지 않으면 어떤 것도 거들떠보지 않는
그에게 머리채를 휘어잡힌 채
나는 잔인한 방황을 시작했다
잡동사니들의 힘을 맛보기 시작했다

최고란 가장 섹시한 것이다
우리의 관계는 쉽게 끝날 것 같지 않았다
중독이 이미 시작된 것 같았다
그해 가을 그의 살 속으로 들어가
나는 겁도 없이 치정 같은 연애를 선포했다

* 살만 루슈디

사하라에서의 하루

나는 사막에 사는 전갈인가 보다
오늘 거실 한쪽 길게 놓인
검은 소파는 사하라사막
패전국 병사처럼 거기 쓰러져 있다
무슨 전쟁을 치른 것인지?
패잔병 홀로
진종일 검은 모래를 파먹는다
나는 물 없이도 사는 도마뱀인가 보다
밧줄처럼 굵은 침묵으로 나를 묶는다
공기는 알알이 돌이 되어
숨 쉴 때마다 목에 걸린다
고통의 비늘을 덮고
죽은 듯이 한곳에서 움직이지 못한다
창밖은 바야흐로 가을
사람들은 사랑하고 일하고 먹는 일로
바쁘고 눈부시지만
심지어 말 못 하는 초목들조차
가뿐하게 손을 흔들며
한 잎의 표현을 떨구고 있지만

사하라, 끝도 없는 속살에

얼굴을 묻고 운다

사방에 길이 있지만

길을 몰라 제자리에서 버둥거리는

나는 차라리 검은 모래

검은 모래가

검은 사막을 진종일 빵처럼 뜯어 먹는다

결혼 안 한 여자

아침 일찍 항구를 떠나
크레타로 가는 뱃전에서 그 여자를 만났다
얼굴이 희지도 검지도 않는 그 여자는
한 아이는 팔에 안고
또 한 아이는 곁에 세우고
멀어지는 항구를 배경으로 서 있었다
물살이 심하게 일었지만
승선을 포기하는 사람은 없었는지
배는 만원이었다
그녀 곁 저만치에 서 있는 한 남자를 보았다
"저이가 남편인가요?"
"나는 아직 결혼 안 했어요"
"그럼 저 남자는?"
"아이들의 아빠"
"그럼 식만 안 올린 거로군요"
"아니 나는 아직 결혼 안 했어요
어쩌다 살았고 아이도 생겼지만 언제든
결혼은 사랑하는 남자하고 할 거예요"
물결 사나운 바다 위에

그녀의 입술이 석류꽃처럼 피어났다
새로운 섬 하나가
검은 어깨를 들먹이며
우리 가까이 다가들고 있었다

멕시코에서의 새벽 울음

낯선 땅 길모퉁이 호텔 방에서
새벽 커튼을 젖히고
투명한 햇살로 열려 오는
아즈텍의 거리를 바라보다가
뜻하지 않던 폭우에 휘몰리고 말았다

노숙에서 막 잠 깬
여섯이던가 일곱의 아이들 줄줄이 끼고 앉아
구걸 보내기 전 참빗으로 머리를 빗겨 주는
마야의 어머니, 식욕처럼 생생한 핏줄들 앞에
다산의 정원은 아름답고 평화로웠다

내가 잃어버린 것은 가난만이 아니었구나
그리운 것은 다만 사랑만이 아니었구나
새근새근 숨 쉬었던
내 처음의 숨소리
햇살 내려오는 뜨락의 다사로운 체온
무언가 많은 것을 가지는 동안
무언가 많은 것을 잃어버린 것 같아

낯선 땅 멕시코 길모퉁이 호텔에서

나의 새벽은

그것을 몰라서 풍랑이었다

안개 속에

안개 속에 다소곳이 어깨를 기대고 서 있는
저 지붕들은 하나의 물음 같다
대답을 알려고 해서는 안 되는
심오한 그 무엇 같다

안개뿐이겠는가
때로 햇살 속에
눈부신 나체로 흔들리는 사과들을 보면
산들을 보면

끝내는 사라지는 것들의
장엄한 대답 같은 혹은 질문 같은
우리들의 육체와 육체 같다
그 사이를 살며

우리가 무엇을 더 바라겠는가
조금 물기 있고
조금 흔들리는 것인
안개 속에

서로 어깨를 기대고 부비는 것 말고

당신의 냄새

말갈기 날리며 천 리를 달려온 말이
별빛 땀을 뿌리며
멈춰 설 때
풀밭에서 쏴아 하니 풍기는 냄새

숲 속에 살고 있는 안개가
나무들의 겨드랑이를 간지를 때
푸른 목신들이 간지럼을 타며
소소리바람을 일으키는 냄새

물속에서 물고기들의 비늘이
하늘을 나는 새들의 깃털과
리듬에 맞추어 춤을 출 때
땅속의 뿌리들도 그걸 알고
저절로 어깨를 들썩이는 냄새
꽃이 필 때
발그레 탄성을 지르며
진흙들이 내뿜는 냄새

당신의 냄새는

내가 최초로 입술을 가진 신이 되어

당신의 입술과 만날 때

하늘과 땅 사이로 쏟아지는

여름 소나기 냄새

"응"

햇살 가득한 대낮
지금 나하고 하고 싶어?
네가 물었을 때
꽃처럼 피어난
나의 문자
"응"

동그란 해로 너 내 위에 떠 있고
동그란 달로 나 네 아래 떠 있는
이 눈부신 언어의 체위

오직 심장으로
나란히 당도한
신의 방

너와 내가 만든
아름다운 완성

해와 달

지평선에 함께 떠 있는
땅 위에
제일 평화롭고
뜨거운 대답
“응”

머리칼

뭉툭 잘라 낸
한 움큼의 솔잎, 그날 밤
짙은 솔 향내를 풍기며
내 손 안에서 꿈틀거리던
아름다운 침엽수
네 머리칼

내 잠 속에 살며
사락사락 자궁에 고치를 지어
기억처럼 긴 비단실을 뽑아내는
네 머리칼

너 없이 내 몸에 피 도는 일 없고
너 없이 나의 잠도 없으니

어떤 시간도 갉아먹지 못하는
사철 푸르른
소나무의 기억

떠날 때
내 몸속에 담아
함께 떠날 것이니

그날 밤 뭉툭 잘라 낸
한 움큼의 젊은 침엽수

지상의 나의 몸인
네 머리칼

두 조각 입술

닫힌 문을 사납게 열어젖히고
서로가 서로를 흡입하는 두 조각 입술
생명이 생명을 탐하는
저 밀착의 힘

투구를 벗고
휘두르던 목검을 내려놓고
어긋난 척추들을 밀치어놓고
절뚝이는 일상의 결박을 풀고

마른 대지가 소나기를 빨아들이듯
들끓는 언어 속에서
하늘과 땅이
드디어 눈을 감고 격돌하는 순간

별들이 우르르 쏟아지고
빙벽이 무너지고
단숨에 위반과 금기를 넘어서서
마치 독약을 마시듯이 휘청거리며

탱고처럼 짧고 격렬한 집중으로
두 조각 입술이 만나는
숨 가쁜 사랑의 순간

3부

유산 상속

비밀이지만 아버지가 남긴
폐허 수만 평
아직 잘 지키고 있다
나무 한 그루 없는 척박한 그 땅에
태풍 불고 토사가 생겨
때때로 남모르는 세금을 물었을 뿐
광기와 슬픔의 매장량은 여전히 풍부하다
열다섯 살의 입술로 마지막 불러 본
아버지! 어느 토지대장에도 번지가 없는
폐허 수만 평을 유산으로 남기고
빈 술병들 가득 야적해 두고
홀연 사라졌다
열대와 빙하가 교차하는 계절풍 속에
할 수 없이 시인이 된 딸이
평생을 쓰고도 남을
외로움과 슬픔의 양식
이렇듯 풍부하게 물려주고
그는 지금 어디에서
홀로 술잔을 들고 있을까

당나귀가 되고 싶을 때

당나귀가 되고 싶을 때가 있다
달밤이 아니라도
한없이 걸어가고 싶을 때가 있다
모래바람 속으로 엉덩이를 때리며
발을 땅에다 자꾸 갖다 대고
두 눈을 껌벅이고 싶을 때가 있다

온몸 구석구석
슬픔과 기쁨을 비축하고
그것을 조금씩 음미하며
늘 새로이 떠나는
행렬이고 싶을 때가 있다

등에 실린 무게를 당신이라 여기고
경전처럼 펼쳐 읽으며
날카로운 생명의 박동 소리를 내며

당신의 땅을
당나귀의 발이 되어

깊이깊이 두드리고 싶을 때가 있다

탯줄

대학 병원 분만실 의자는 Y자였다
어디로도 도망칠 수 없는
새끼 밴 짐승으로
두 다리 벌리고 하늘 향해 누웠다

성스러운 순간이라 말하지 마라
하늘이 뒤집히는
날카로운 공포
이빨 사이마다 비명이 터져 나왔다
불인두로 생살 찢기었다

드디어
내 속에서 내가 분리되었다
생명과 생명이 되었다

두 생명 사이에는
지상의 가위로는 자를 수 없는
긴 탯줄이 이어져 있었다

가장 처음이자
가장 오래인 땅 위의 끈
이보다 확실하고 질긴 이름을
사람의 일로는 더 만들지 못하리라

얼마 후
환속한 성자처럼
피 냄새 나는 분만실을
한 어미와 새끼가
어기적거리며 걸어 나왔다

낙산사

산불이 비무장지대에서
붉은 혀를 날름거리며
낙산사 쪽으로 내려오고 있었다
낙산사는 말없이 장좌불와를 풀었다
벼랑에 핀 암자들이 일제히 만류했지만
화염이 온 산을 태우고
사하촌으로 옮겨 가려는 찰나
낙산사는 가벼이 불 속으로 몸을 날렸다
소신공양을 결행했다

사방에 눈 뜨고 있는 지뢰
길고 긴 철조망 사이
번져 가는 불길 속에
스스로 온몸을 던져 버렸다

아침마다 동해에 떠오르는
한 송이 연꽃처럼
그 순간
등신불이 되는 일 말고

더 눈부신 일 없었기 때문이다

개미 수염

깊은 밤 무정부주의자들의 기고만장을 읽다가
"사람의 비극은 먹는다는 데 있다"라는 말에
밑줄을 그으려고 연필을 잡다가
손끝을 날카롭게 찔리었다
연필에 솟은
개미 수염만 한 나무껍질이
손톱 깊이 박혔다
불과 1밀리미터가 조금 넘는 이물질에
얼얼해진 밤
쑥쑥 쑤셔 오는 시간의 등줄기
오, 이 나약한 인간이 진정 핵을 만들고
달나라에 우주선을 쏘아 올린 존재이던가
책을 던지고 사상을 집어치우고
예술도 예술가도 멀리 보내고
개미 수염과 심야 대치했다
오직 침 하나를 소유한 나의 생이
바르르 숨을 죽였다

달팽이

여름에도 얇은 살얼음을 덮고 사는
속살이 부드러운 누이
미루나무 속잎 피는 강가
코흘리개 동생들 오글오글 등에 업고
진흙 같은 생을 느린 걸음으로 걸어간다

사방에 벼랑은 이리도 많아
마치 출가승처럼 근심하다가
풀잎 끝에서도
곧잘 긴 귀를 뽑아
먼 곳을 바라보곤 한다

홀연 절벽에 이르러
누옥 한 채를 상징처럼 남겨 두고
속살이 부드러운 누이
살얼음 녹듯이 가고 없다

겨울 유리창에 매달린 시

새 햇살 투명한 시 한 편 써 보려고
처녀림을 찾아 헤매는 십칠 층의 겨울 아침
한 청년이 푸른 하늘을 들고 올라왔다
지난가을 금 간 유리를
추위가 오기 전에 갈기 위해서였다
그는 먼저 창틀부터 허물었다
갑각류 마른 꿈을 부스러뜨리고
접착제로 봉할 수 없는 언어의 틈에다
숨결을 훅훅 불어넣었다
고정관념이 서서히 허리띠를 풀었다
날카로운 칼끝으로
민감하게 오므리는 입술을 열자
속살에서 연꽃이 발그레 피를 머금었다
하늘이 드디어 숨을 쉬기 시작했다
빛나는 상처에서 솟아나는 무지개
비수처럼 빛을 발하는
시간이란 이토록 깨지기 쉬운 것일까
그 아름다움을 생생하게 손으로 만지려는 순간
창가에 밧줄 하나가 아찔하게 걸리었다

청년이 거기 처형처럼 매달려 있었다
끝내 지상에 내려놓을 수 없는
하늘의 나신을 납작하게 누르며
겨울 아침 새 햇살 투명한 시 한 편이
나의 생을 환하게 들여다보고 있었다

도둑 시인

시인은 씨앗 도둑
꽃이 될 만한 말은 모두 털어 간다
또 하나의 도둑은 귓속에 키우며
노래와 칭송을 잡아먹고
홀로 감동하고
은근히 조언이나 잠언에도 한몫을 거든다
화가 치밀 때도
자연을 함부로 호명하여 위로에 쓰고
마치 도인이나 선지자인 듯 시치밀 뗀다
시인은 화병쟁이
심지어 때깔만 요란한 독버섯
꽃잎이 떨어지면
어느 아름다운 사람이 죽어
하늘을 향해 지금 공양을 하는가 노래하고
눈이 오면 목숨의 찰나를
가변의 눈꽃에 비유한다
바람 불 때는 지금 밖에서 누가 우는가
내가 울어야 할 시간에라며
엄살을 떠는 양이 정작 귀엽기까지 하다

밤낮 상징과 비유로서 의미를 찾다가
결국 허망에 몸을 무너뜨린다
상처로 깊게 뚫린 터널에서
언어로 사랑을 잡으려다 그 속에 함몰한다
그때야 시인의 아름다운 도벽은 끝이 난다
그의 밤은 늘 고통에 떨었지만
불멸을 꿈꾸는
황홀한 밤이었다고 고백한다

계곡

— 자명에게

동네 아파트 숲 속에
새로 계곡이 하나 생겼다
오색 테이프를 두른 대형 마트 속의
이 계곡에는
누구든 일단 발을 들여놓기만 하면
끌차 하나가 다가와 앞장을 선다
사람들은 잘 길든 애완동물처럼
끌차가 끄는 데로 따라다닌다
살 것이 없는 진열대 사이로도
계곡은 교묘히 이어져 그곳을
두루 거친 후에라야 출구에 닿게 된다
철새처럼 몰려다니며 쇼핑객들은
끌차에다 각종 먹잇감을 골라 넣는다
외상을 신용이라는 말로 바꾼 것이
함정이라고 들었지만
지불은 나중에 해도 되므로
마치 주인처럼 척척 골라 넣는다
사람들의 표정은 하나같이

친선 구매 사절단이라도 된 것 같다
차례로 줄을 서서 득의만면 카드를 긁을 때면
편리한 소비 행렬에 동참한 뿌듯함까지 곁들여
다시 한 번 존재를 확인하는 눈치이다
대형 그물 속으로
우르르 몰려다니는 철새들이 된
우리 동네 사람들
새로 생긴 계곡 속으로 자꾸 떼 몰려 들어간다

늑대

노스승이 주고 간 돌 속에는
이쁜 늑대 몇 마리가 살고 있다
저녁이면 노을 속에 새끼들을 거느리고
집으로 돌아가는 모습이 보인다

나는 가끔 그 돌에다 물을 주어
늑대들을 강가로 불러 모으기도 한다

그중 어린 늑대가 보이지 않아
골짜기를 찾아 헤맬 때도 있고
가파른 산 중턱에서
문맥(文脈)이 길을 잃어
오래 앉아 기다릴 때도 있다

한번은 꽃을 먹고 있는 늑대들과
밤 깊도록 술집을 배회하며
취기와 야수를 즐기다가
그만 들판에 큰불을 놓은 적도 있다

하지만 나는 까맣게 모르고 있었다
언제부터인가
노스승이 주고 간 돌 속에
시를 쓰는 늑대 한 마리가
함께 살고 있다는 것은

나의 도끼

오늘 저녁 티브이 뉴스 속의
저 검은 양복들은
선거 벽보 속에서 유유히 튀어나와
그들이 먹기 위한 포도청을 위해
나에게 사료가 되라 하네
길게 늘어선 투표용지
민중 또는 들러리
그들을 위한 살코기를 위해
나에게 사료이거나
사료를 만들기 위한
기계이거나 땀이거나
결국 개를 위해 쑤어 놓은 죽이거나
죽이 될 수밖에 없는
오늘 저녁 티브이 뉴스 속의
저 검은 양복들은
나에게 투표용지 속의 동그라미가 되라 하네

그래, 눈에는 눈 이에는 이다
나 오늘 무모한 열정으로

아무도 알아듣지 못하는 시를 쓰네
티브이를
시의 도끼로 내리치기 위해

서울역의 철학자

신도시 건설 현장으로 가는 버스가
서울역 광장에 멈춰 섰다
도심에서 흘러나오는 대형 하수구에
코를 박고 할딱이는 물고기들처럼
갈 곳도 가고 싶은 곳도 없는
노숙의 겨드랑이에
버스가 보채듯이 멈춰 서 있다
"일당 6만 원"을 외치며
일손을 구걸하던 버스는
한참 후
텅 빈 몸으로 광장을 떠난다
숨을 할딱이던 물고기 한 마리가
그제야 게으른 쾌락을 털듯이 자리를 뒤척인다
버스가 사라진 쪽을 향해 거만하게 말한다
"서울역 무료 급식소에서 아침 먹고
용산역에서 점심 먹으면 됐지
오늘 6만 원이 생긴다고 인생이 바뀌지 않아
부질없이 땀 흘리고 힘쓸 일 뭐 있나"
새로 핀 아침 햇살을 느긋이 쪼이며

볏단처럼 평화롭게 몸을 눕힌다
어디서 온 바람일까
들썩 나의 겉옷을 차갑게 벗겨 내는 것은?
순간 나는 출발 직전의 쾌속 기차표를
사납게 찢어 버리고
물고기의 군집 속으로
뜨거이 나의 껍질을 들이밀었다

숲 속의 창작 교실

풋콩 비린 여름 숲 속의 시 창작 교실
낮게 드리운 안개 한끝을 잡아당기며
밤이 내려온다
송이버섯 작은 방갈로마다 원고지 메우듯
칸칸이 앉아 시를 쓰는 어린 시인들
전신주에 켜진 가등을 보고
몸으로 달려드는
부나비 박쥐들과 자꾸 겹쳐 온다
시가 뭔지도 모른 채 생애를 던지는
시인들의 뿌연 시작 노트
부서진 깃털들 벌써 수북하다

이 숲을 빠져나가려면
왕성한 침묵부터 배워야 하리라
키 큰 나무와 키 작은 나무 사이
적당한 거리를 유지해야 하고
허공으로 뻗치다가 짐짓 찰랑거리는
언어의 절제
무더기로 벌목당한 나무들의

비명을 숨기고 무엇보다
별들과의 반짝이는 소통이 중요하다

풀덤불 사이 가파르게 숨겨 놓은
오솔길을 찾아가는 시인들의 맨발이
자칫 진부한 상투어처럼 떨어지는
낙엽을 밟을지도 모르지만

밤 깊을수록 뼈아픈 문장으로
떠오르는 별들을 보며
풋콩 비린 여름 숲 속
상처 입은 짐승처럼 절뚝이며
밤새 어린 시인들 길 떠나고 있다

꽃의 선언

내가 원하는 방식대로
나의 성(性)을 사용할 것이며
국가에서 관리하거나
조상이 간섭하지 못하게 할 것이다
사상이 함부로 손을 넣지 못하게 할 것이며
누구를 계몽하거나 선전하거나
어떤 경우에도
돈으로 환산하지 못하게 할 것이다
정녕 아름답거나 착한 척도 하지 않을 것이며
도통하지 않을 것이며
그냥 내 육체를 내가 소유할 것이다
하늘 아래
시의 나라에
내가 피어 있다

그네 타는 오후

이제는 안 예쁜 이모네 집 마당에
그네 하나 걸려 있다
이모가 커피를 끓이는 동안
낭창낭창 나 홀로 그네를 탄다
오늘 춘향이의 마을에 살구꽃은 피었는지
혼담은 잘되어 가는지
궁금한 일 아무것도 없지만
사뭇 다소곳해진 바람을 차고 올라
허공으로 한껏 솟구쳐 본다
슬프고 아름다운 쑥대머리
사랑의 감옥은 아직 유효한지
문득 또 사랑에 갇히어
무거운 칼 목에다 쓰고
절절한 옥중 편지를 써 봐도 좋으리라
이제는 안 예쁜 이모의 콧노래
커피 냄새와 함께 피어난다
낭창낭창 그네 위에서
허공을 몸으로 밀며
묘하게도 깊고 쓴 커피를 마신다

알몸의 시간

옷 한 벌 사려고 상가를 돌았다
내게 맞는 옷은 좀체 없었다
조금 크거나 작거나 디자인이 맘에 안 들었다
세상의 옷들은 공주나 말라깽이
배우들을 위한 것뿐이었다
옷들은 대뜸 뚱뚱한 내 몸매부터 비웃었다
슬며시 부아가 나서
한번 입어나 보려고 다리를 넣었다가
으드득! 소리를 내는 바람에
마치 성추행을 하려다 들킨 것처럼
얼른 밀쳐 버렸다

상가를 빠져나오며
모처럼 하늘에 감사했다
군살은 완충 스펀지
나를 보호하기 위한 신의 배려
모든 옷이 몸에 맞는다면 그건 재앙이다

과일 가게에서 붉고 둥근 얼굴로 서성대다가

그만 야채로 분류된 토마토처럼
총총히 마굴 같은 상가를 무사히 벗어났다

생애에 한번쯤 꿈꾸는 사랑처럼
눈부신 옷을 꼭 한 벌쯤 입고 싶었지만
어쩌면 알몸의 시간이
먼저 올 것 같은 예감에
발걸음이 조금 떨렸다

초대받은 시인

정치가들도 시를 좀 알아야 하지 않겠느냐며
군인 출신 대통령이 저녁 초대를 한 날
청와대 뜰로 들어가는
신분증 번호를 대다 말고
나는 그만 돌아서 버렸다

나를 시인이라고 알지 마라
나는 글창녀니라
죄 없는 아이들에게 소리 지르며
값싼 원고에 매달려 중노동으로 살아왔지만
그 순간 시인이 되고 싶었다

백악관 저녁 초대를 갔다 오면
뜰에 기르는 거위 2백 마리가 저녁을 굶을까 봐
가벼이 거절했던 북부 뉴욕의 한 작가처럼
모이를 줘야 할 거위 한 마리 내게는 없지만
대통령의 저녁 초대에 나는 못 간다고 말했다

그러나 곧 내 속에 숨은

또 하나의 얼굴이 기어 나왔다
그러고는 무슨 의연한 선비나
서툰 운동권 같은 폼을 잡는다
나 군인 대통령의 청와대 초대를 거절했노라고
은근히 그것을 선전하고
으스대고 싶어 전신이 마구 가려웠다
밤새 그 시인의 몸을
날카로운 손톱으로 긁어 주었다

한여름 날의 치한 퇴치

흰 눈을 까치처럼 머리에 얹은
머나먼 나라에서
우연히 한국 남자를 만났다
그는 설산을 배경으로 사진 몇 장을 찍더니
이내 상암 경기장에서 벌인 축구 얘기를
침을 튀기며 해대었다
고교 동문과 대학과
무슨 지역의 이름이 끝없이 기어 나왔다
해는 지고 여름 한기 도는데
서울의 골목대장들과 크고 작은 집단들이
끝없이 내 앞을 가로막았다
강렬한 조직을 통해 자신을 과시하는 것은
조폭이나 정당원들의 고질적인 습관
마침 모퉁이를 돌자
뜻밖에 너무 낯익고 낯설어
섬뜩한 한글 간판과 맞닥뜨렸다
'조선 친선 협회'
이것이 무엇이더라?
더없이 강렬한 조직?

나는 조용히 그에게 다가갔다
"우리 함께 들어가실래요?"
그는 순간 오그라들 듯 놀라더니
나 몰래 허겁지겁 전화를 찾았다
여간첩 신고? 포상금 수천만 원?
그날 이후 밟으면 장렬히 터지는
내 청춘의 지뢰도
그와 함께 슬며시 사라져 버렸지만

유명한 예술가

너는 생각보다 더 빨리 하수인이 되고 말았다
물고기처럼 싱싱한 상상력과 지느러미 대신
갈퀴처럼 날카로운 손이라는 도구를 쓸 줄 알았다
너에게 속도와 질주를 말한 것은
그런 뜻이 아니었다
복권에 당첨된 표정 같은 득의만면이 아니라
안개 속에 두려움을 커튼처럼 젖히고 나아가
비로소 저 산정에 서서 땀을 씻으라는 것이었다
서서히 네 자신에 도달하라는 것이었다
지난밤의 외로움을 바다 끝까지 밀고 나아가
심연에 살며
불온한 천재로 자꾸 태어나기를 기다렸다
그러나 네가 제일 먼저 배운 것은 위험한 방식으로
남을 밀어뜨리는 일이었다
관습과 지배의 얼굴을 빠른 속도로 익히고
그 아래 꽃을 바치는 일이었다
시인아, 정치가들아, 너는 힘 있는 구두와 빠른 골목을
너무 쉽게 알아 버렸다
조금 더 헤매어도 좋았을 것을

배회와 방황을 속으로 비웃으며
유명한 이름아, 네가 읊조리는 시는
겨우 의미의 시중을 들기 바쁘구나
그래, 매소부(賣笑婦)처럼
예쁘게 부드럽게 손을 흔들어라
이제 물심양면의 하수인들이
책을 사 들고 상패를 싸 들고
네 앞에 장강을 이룰 차례가 되었다

과수원의 시

과일을 집듯 먹음직스러운
시 한 편을 집어
벌름 코에 대 보았다
시는 썩었고 시인은 벌써 지쳤다
우주가 들어 있는 척하지만
자칫하면 조금 익었거나 설익었거나가 전부
아니면 늙은 나무에 조금 기대서 있거나
메마른 땅에 방치된 열매처럼
부글거리는 언어들의 악취
벌레들이 파먹어
무슨 존재인지도 모르는 죽은 가지를 두고
서로 고개 끄덕이며 감동받은 척하지만
저 무지한 정치의 힘처럼
소외되는 것이 두려워
무식의 협의를 뒤집어쓰지 않으려고
웅성거리는 저 과수원의 시인들과
장사꾼들과 착한 척하는 능구렁이들과
몇 번이고 문을 두드리다
발길을 돌린 용감한 독자들 속에

아직도 산아제한을 하지 못해
미숙아를 줄줄이 낳아 등에 업고
문학의 공장주를 찾아다니는 소작인들이
술집을 웅성거리는 동안
어설픈 견자들과 기회 포착주의자들과
설익은 조소꾼들이 포진한 이 시대
시는 죽었고 시인은 지쳐 버렸다
이 과수원에 봄이 돌아오고
푸른 별이 솟을 날은 언제?

아침에 받은 편지

머나먼 알바니아 작은 도시 살란다는
낡은 성곽처럼 무너졌다고 한다
지금 경제 위기로 전기와 수도가 끊기어
노숙자처럼 떨고 있다고 한다
빵집은 더 이상 빵을 구울 수 없고
냉장고는 썩고 있으며
수술받을 환자들로 병원은 비상이라고 한다
밤중에만 수혈되는 긴급 전기에 의지하여
내 친구 시인 실케는 냉골 속에 떠는 도시를 향해
밤새워 이런 시를 썼다고 한다
"우리가 빛이다"
이 한 줄을 써서 사방에 띄워 보냈다고 한다

그런데 신새벽 거리에 나간 그녀는
이 시구가 편의점에도 카페에도 세탁소에도
하얗게 나붙어 있는 것을 보았다고 한다
심지어 병원에는
"당신이 빛이다"로 바뀌어
무슨 처방전처럼 나붙어 있었다고 한다

서로가 서로를
"당신이 빛이다"로 불러주고
"우리가 빛이다"로 타오르는
머나먼 살란다

하늘 아래 이 도시 생긴 이래
이렇게 눈부신 꽃들이 만개한 적은 없었다고
이렇게 따스한 해들이 떠오른 적은 없었다고
이 아침 아직 잠 덜 깬 내 야후 속으로
눈부신 법등 하나를 보내왔다

모욕

— 살바도르 달리 풍으로

엉겅퀴꽃 핏발 선 길 한가운데
발가벗겨 눕혀 놓고
머리에서 발끝까지 정어리기름을 들이부었다
온몸에 파리 떼 달라붙었다
칼처럼 빳빳한 수염을 거만하게 실룩이며
불판 위에서 고기를 뒤집듯이
문지기들이 온몸을 뒤집는 동안
파리 떼는 집요하게 전신을 쪼았다
벌겋게 요리가 타는 동안
정어리기름이 지글거리는 동안
더욱 치욕적인 것은
거기 나의 욕망과 갈증이 함께 타오르며
스스로를 조롱하는 것이었다
지지지 나의 몸뚱이는
드디어 소신공양을 끝내었다
저만치 가벼운 숯덩이로 팽개쳐졌다
오, 천대받고 모욕받는 이 기쁨이여!*

* 성철 스님의 법어 중에서.

4부

설산에 가서

소리 내지 말고
눈물 흘리지 말고
한 사흘만 설산처럼 눕고 싶다

걸어온 길
돌아보지 말고
걸어갈 길
생각할 것도 없이
무릎 꿇을 것도 없이
흰 옷 입고 흰 눈썹으로

이렇게 가도 되는 거냐고
이대로 숨 쉬어도 되는 거냐고
이렇게 사랑해도 되는 거냐고
물을 것도 없이

눈빛 속에 나를 널어 두고 싶다
한 사흘만
설산이 되고 싶다

흔들림을 위하여

나는 이쪽도 아니고 저쪽도 아니다
좌도 아니고 우도 아닐 때가 많다
늘 사이에서 서성인다
모두가 좌측으로
또 모두가 우측으로 가는 동안
나는 나의 측으로 갈 뿐이다

옛사람들이 진정 직선을 몰라서
구불구불한 골목길을 만든 것일까
먼 곳을 갈 줄 몰라
굳이 고향을 만든 것일까
저 바깥에는 아무것도 없다는 것을
알아 버린 것은 아닐까
눈알이 빠질 듯이 직선을 질주하며
무지한 대량 소비를 하며
심지어 우월감까지를
아니 좌측 혹은 우측을 소비하며
느리거나 빠른 것도
서로 차이가 되는 시대

이쪽과 저쪽이 금방 적이 되는
이 중층 폭력의 시대

나는 이쪽도 저쪽도 아니다
좌도 우도 아니다 아니고 싶다
회색은 더구나 아니다
늘 사이에서
나를 서성일 뿐이다

그의 아내

불꽃놀이가 있던 밤 극장 앞에서
그의 아내를 보았다
그녀의 목에 가느다란 목걸이가 걸려 있었다
보일 듯 말 듯 작은 보석이 박혀 있었다
어느 생일날 그가 걸어 준 것인 듯
아니면 첫아이를 낳은 날이거나
부부 싸움 끝에? 그럴지도 모를 일이다
병석에서 그의 어머니가 일어난 날
오랜 간호의 수고를 감사하며 함께 산 것일지도
바닷가 조가비에 밤하늘의 별무늬가 새겨져 있듯이
그의 아내에게서 오묘히 그의 무늬를 보았다
누구도 비집고 들어갈 수 없는
사소한 시간을 으깨어 만든 무늬를
물론 나는 그와는 아무 상관도 없는
먼 곳에서 온 사람
가령 낭만적인 재미를 위해
그와 나 사이에다 돌연하고도 아름다운
무슨 추측을 가해 본다 해도
그날 밤 그의 아내를 보자마자

우리의 것은 멜로이거나 바람이거나
할 수 없이 불륜이었다
그에게 반듯한 저 양복을 골라 입히고
뒤쪽에 키를 낮추고 서 있는 그의 아내
아무것도 아닌 주춧돌처럼 수수한 여자
그날 밤 많은 사람들 속에서
나는 그녀를 대번에 알아보았다

엄마

— 그날, 엄마는 일흔아홉
　나는 서른여덟

엄마, 나 호호 해 줘
해 지는데
엄마 혼자 어디 가

나 손발 시릴까 봐
털옷 털양말 저리 많이 짜 놓고
엄마 가지 마

나 여기 아파
피 흐르는 가슴을 좀 봐
엄마, 얼른 호호 불어 줘
엄마! 엄마!

엄마는
입만 조금 벌리더니
눈 뜬 채로
왜 그냥 멈추고 말아
엄마! 어디 가

나도 갈래 엄마!

엄마!

어떤 생일 초대

보리빵 한쪽에 야채 몇 잎이 놓인
나무 식탁 앞에 앉았다

아름다운 이 결실을
감 사 합 니 다

기도가 여송연 향기처럼
낮게 번져 갔다

숟가락을 들기 전
새삼 추운 거실을 둘러보았다
아름다운 이 결실은 어디에도 없었다
긴 소파 위에 담요처럼
하나의 물체가 놓여 있을 뿐이었다

여덟 살 때부터
땅 쪽으로 깊이 쓰러진
딸이
오늘 열여덟 살 생일을 맞고 있었다

병든 관목 식물 곁에서
가파르게 피를 말려 가며
저절로 성가족(聖家族)이 되어 가는 식구들

문득 자리에서 일어나
신의 멱살을 흔들고 싶은 저녁
명화의 한 장면 같은
단아한 저녁 초대를 받고
현기증처럼 솟구쳐 오르며
꺽꺽 우는 새 한 마리를
나는 혀 속으로 깊이 밀어 넣었다

사산한 아이를 위한 기도

비 오려고 날 궂으니
뼈마디마다
죽은 아이가 운다

금 간 배 슬픈 수술 자국으로 남은
잉태의 기억

뼈와 살을 갉아
수명을 줄여
나 쉬이 흙으로 가서
흙 엄마가 되면
쪼그라진 젖을 그제야 물리고
우우우 바람 되어 함께 울까
하늘 향해 여린 팔을 휘젓는
풀잎 위에
이슬이 되어
다시 나란히 맺힐까

사랑보다 일찍 와서

죽은 내 아기
사랑보다 늦게 와서
먼저 보낸 내 아기

죽어서 나랑 살고 있는
슬픈 내 아기

어제

주인인 나조차도
다시 들어가서
솜털 하나
바꿔 꽂지 못하는 봉인된 제국

어제
사랑에 쓰러진
별 하나를 일으켜 세우기 위해
거기 남아 서성이는

나보다 젊은
불새 한 마리

기억

한 사람이 떠났는데
서울이 텅 비었다
일시에 세상이 흐린 화면으로 바뀌었다
네가 남긴 것은
어떤 시간에도 녹지 않는
마법의 기억
오늘 그 불꽃으로
내 몸을 태운다

부엉이의 춤

부엉이들아
이 지상에 맨 처음 시계를 만든 이는
너희들의 아비가 아니냐
큰 눈을 더욱 크게 뜨고
잠도 자지 않고
정확한 보폭으로
오직 순간을 걷는
저 두려운 춤사위를 만든 것은

무희들의 발목에 감기는
꽃들의 신음을 들어 보아라
그 사이로 상처를 말리는
해가 뜨고 해가 진다

부엉이들아
사람의 팔목에 시계를 채운 것은
너희들의 어미가 아니냐
어디로도 도망가지 못하게
기다림을 발명한 것은

아마도 네 소행이 아니냐
시시각각 탈옥을 꿈꾸지만
나는 여기 있다

쉬지 않고 추는 이 춤은
언제 끝날 것이냐
감히 불멸을 꿈꾸는 이 춤사위는
왜 또 이렇게 슬프고 아름다운 것이냐

사랑니

지난여름 금강산 자락에 묻고 온 내 사랑니는
지금쯤 어떤 싹을 틔우고 있을까
서서히 금강석이 되어 가고 있을까
그때 지구촌 곳곳에서 온 시인들과
평화를 주제로 시를 낭송하며
북녘 땅을 처음 밟았을 때
금강산 자락에 묻고 온 내 이 한쪽
지금은 기러기 찬바람 소리를 듣고 있을까
단풍잎 지는 소리를 듣고 있을까
내 나라라고 배웠지만
도무지 금기와 강박관념이었던 북쪽
푸른 금강산 나이테 속을 파고들 때
문득 입속에 굴러다닌 차가운 돌 하나
뱉어 보니 깨진 내 사랑니 한쪽이어서
나는 그것을 금강산 자락에 고이 심고 왔네
남쪽서 나고 자란 이 한쪽
상징처럼 북녘의 살 속에 심고 나니
온몸이 기우뚱 가벼워졌네
북쪽 어디엔가 핵이 있다지만

이보다 더 분명한 핵이 또 있으랴
사랑의 장기이식이라도 한 듯
금강산 해질녘은 훈훈했네
희망이란 깨진 이 같은
이념 하나를 씨앗처럼
땅에 심는 것인지도 모르네
갈대처럼 긴 목을 늘여
나는 요즘 북쪽을 자꾸 바라본다네

미친 일기

시인들은 다 미쳤어
사랑 시집 어디를 펼쳐도
다 내 이야기야
내 것을 훔쳐간 거야
나는 그만 사랑을 도둑맞고 말았어
내 사랑은 값싸게 소비되고 말았어
교란된 레이더에 별자리는 사라지고
빠른 속도 속으로 슬픔은 빨려 가 버렸어
맑은 슬픔이 없으니
시간이 파지처럼 구겨지고 있어
그래도 타는 이 가슴은 뭐냐
아무도 질문할 줄을 몰라
다만 오늘은 축구를 보는 날
시시한 시와 여행과 슬픈 연애 얘기는
다음에 하기로 하자
모두 축구 얘기만 하자
아니다 돈 얘기만 하자
눈에다 유황처럼 독한 불을 켜보자
이 강산 어디 가든

모두 똑같이

처음 생겨난 보석

새로 난 아기를 안으면
꼼지락거리는 눈 코 입 손 발가락
다슬기 뚜껑 같은 손톱
묘하도다 신이 다녀간 흔적이 역력하다
으앙! 하늘에 대고 내지르는
울음이 이리도 기쁜 것이라니
이쁜 똥과 오줌이
벅찬 생명이라니

무엇으로 신에게 답례를 할까
우리 가진 언어 중에
가장 간절한 창조로
세상 끝나는 날까지 달고 다닐
날개 같은 이름 하나 달아 드릴까

하늘 아래 그의 첫 번째 소유로
인간이 다듬어
처음 생겨난 보석 같은
빛나는 선물 하나 바칠 차례다

할머니

누구나 할머니를 좋아하지만
할머니가 되는 것은 싫어한다네
눈물로 만든 달이
딸이 되고
어미가 되고
가을엔 땅을 다독이는
낙엽 같은 손을 가진
할머니가 되지만
태고의 바람처럼 그윽한 할머니의 기도를
사람들은 누구나 사랑하지만
참 이상도 하지
아픈 배를 문지르던 따스한 약손
부드러운 영토
할머니가 되는 것은 슬퍼한다네
갑자기 다가든 추운 날씨에
할 수 없이 끌어당겨 덮고 가야 할
포근한 담요처럼
평화로운 옛이야기 같은 할머니가
시시각각 곁으로 다가드는 것을 두려워한다네

내 고향에 감사해

내 고향에 감사해

저 많은 나무들을 보내
초록을 가르쳐 주었고
저 많은 새들을 보내
노래를 알게 했으니까
저 많은 비를 보내
생명을 키우는 눈물을 알게 했으니까

내 고향에 감사해

저 많은 강물을 보내
흐르는 시간을 보여 주었고
저 많은 나비들을 보내
떠나간 이들을 그리워하게 했으니까
저 많은 길들을 보내
내가 시를 쓰게 했으니까

물가

세상의 자식들은 모두 물가에 산다
세상의 어머니들은 그래서 늘 가슴을 태운다
발 하나만 잘못 디디면 절벽
날카로운 이빨을 가진
식인 상어가 날뛰고
시퍼런 파도가 혀를 널름거리고 있어
더 말해서 뭐하나
가시풀 속엔 뱀들이 우글거리고
어떤 꽃들은 독을 퍼뜨리니
어머니들은 자나 깨나 기도를 할 수밖에 없다
아무것도 모르는 세상의 자식들이
언제나 철부지로 물가에서 살기 때문에
더 말해서 뭐하나
세상의 어머니들은
물가의 자식들을 걱정하느라
자신이 서 있는 절벽을 까맣게 잊는다
이런 효도가 또 어디 있겠는가

고만이

오늘 30년을 유유히 뚫고 나타난
보성 아줌마 나보다 한 살 어리지만
고모 고모 부르며 함께 자란
조카뻘 되는 고만이
딸만 다섯을 낳아
이제 제발 좀 딸 고만 낳으라고
고만이가 된 이 땅의 딸
아무 환영 없이도
기어코 태어난 그녀답게
힘도 좋고 입심도 좋아
끝도 없이 옛애기를 한다
동네 우물가 과붓집 생각나요?
논에 나간 남편이 뱀에 물려 죽은 뒤
콩밭 매며 혼자 사는디
이웃 사내들 너도나도 드나드는 바람에
하루는 그 집 우물에 누가 소 돼지들 먹는
여물을 잔뜩 갖다 넣었답디다
그러고 그러고요……
전설의 고향처럼 재미있는 기억을

끝도 없이 풀어놓는 그녀
이제 보니 너무 고만(高慢)한
우리 고만이, 변두리 매점 아줌마로
아들딸 기막히게 잘 키운
신문에 날 여자, 그래도 나 보고
"아니 신문에 난 그 시인은 어디다 두고
어릴 적 보성 그 문정희가 딱 나와부네 잉?"
하며 강렬한 메타포로 추어 주고 가는
이 땅의 딸 고만이

벌 떼

"올레꼴레요 다 보인다 다 보인다"
어린 날 돌배 따러
돌배나무에 올라갔을 때
어디서들 나타났는지
나무 아래 모여든
눈알이 노란 벌 떼
실뱀처럼 가느다란 손가락을 돌리며
내 아래를 빙빙 돌던
아이들의 눈 속에 타오르는 저녁놀

치마를 내리면 돌배가 쏟아지고
그대로 있으면
벌 떼가 끝없이 맨다리를 쏘아

더 올라갈 수도
그만 내려올 수도 없던
어린 날의 돌배나무
그 위에서 바라보던 저녁놀

지금도 내 아래를 빙빙 돌며
"올레꼴레요 다 보인다 다 보인다"
손가락을 돌리는
저녁놀 속의 노란 별 떼

이름 부르기

시장 보고 나오는데
누가 아줌마 아줌마 하고 부른다
사방을 둘러보니 아무도 없다
허름한 저녁노을이 나를 향해 다가선다
“아줌마 사흘이나 굶었어요”
아, 글쎄 날더러 아줌마란다
뜻밖에 정면으로 날라 온 돌멩이에 비틀거리며
‘구걸에도 노하우가 있는 법이요
사모님이라 해도 줄까 말깐데’
겨우 속으로 쏘아 주고 획 몸을 돌렸다

구걸의 노하우?
그것을 모르기는 나도 마찬가지 아닌가
사모님이라 불러야 우아하게 지갑을 열 것을
저 빙충맞은 노숙자처럼
번번히 나는 아줌마!라 부르며 떠돌아다녔다
거품과 허장성세 속에 힘은 굴러다닌다
사모님이나 사장님
혹은 민주나 민족 통일이라도

하나님이라도 목청껏 불렀어야 했다
밤낮 응답도 듣지 못할
아줌마! 부르는 일 같은 시를 쓰며
난분분 난분분 가을꽃 속을
어깨 늘어뜨리고 가고 있다

사자

제 몸보다 두 배나 큰 물소의 등가죽을 물어뜯어
싱싱한 살로 식욕을 채우는
사자를 본 적이 있는가
패스트푸드를 먹어 치우는 속도로
살과 피의 성찬을 즐기고 난 후 내지르는
사자의 포효를 들은 적이 있는가
물소의 목덜미를 씹으며 건재를 확인한
사자에게 스멀스멀 다가드는
이 무슨 뜻하지 않는 성가신 치욕인지
수만 마리의 체체파리가 막무가내로
달려드는 것을 또 본 적이 있는가
입가에 묻은 피 냄새를 맡고
마치 과격하게 육체를 탕진한 뒤에
몰려오는 졸음처럼
수만 마리의 체체파리들이 달라붙어
정말 믿을 수 없는 일이지
결국 제 몸보다 수만 배나 큰
산 같은 사자를 쿵 하니 쓰러뜨리는
밀림의 이야기 그 어디쯤을

지금 당신은 지나고 있는지?

압구정을 떠나며

빈 몸에 도끼 하나 들고
젊은 강도처럼 숨어들어 와
십수 년을 눌러 산 압구정을 떠나려고
이삿짐을 싼다
누구는 이곳을 부자 동네라 하고
누구는 이곳을 유식하게 천민 자본의
한 상징쯤으로 치부하지만
이곳에는 부자도 천민도 아닌
눈부신 갈증, 그건 아무 데나 흔한 것이어서
충혈된 불면으로 부유한 노예들이
긴 숟가락으로 서로가
제 입에다 밥알을 떠 넣는
그건 어디서든 다반사여서
이 가을 이삿짐을 싸며
그냥 사방을 휘 둘러본다
옆으로 강이 흐르고
철새들이 떠나고 또 돌아오는
깃털 수북한 절벽
처음 여기 올 때

내가 들고 온 싱싱한 그 무엇을
이삿짐 속에 나는 다시 넣지 못한다
그래서 자꾸 이 도둑촌을 향해
그걸 내놓으라고 빈 총구를 겨눈다
이 가을 루머처럼 짧았던 모래섬을 떠난다

서울의 무지개들

빌딩 숲 한쪽을 밀치고 무지개가 떠오른다
유전자 조작 무지개인가
한두 개가 아니다
대형 무기처럼 공포가 이는
아이파크 타워팰리스 아크로비트 플레티늄
도열한 외국 군대처럼
최신식 각도로 불끈불끈 일어선다
대단위로 분양하는 행복이다
흔해 빠진 사랑과 품격
모조 상품이 된 고귀한 삶이
빠른 꿈의 도착을 알려 준다
마치 순교자를 기다리듯
가슴 떨며 바라보던 어린 날의
태양의 속옷자락을 그리워하는 것은 아니지만
거품처럼 가벼운 위안부 같은
신종 무지개들 속에
나는 잘나가는 서울 시민의 한 사람
이 비 지나가기 전에
어서 그 무지개들 속으로 이사 가야 될 것 같다

전지 심장을 가진 자동인형처럼
조급증으로 부르르 다리를 떤다

누구신가요

지상은 지금 빛나는 거짓말
눈이 되어 내려온 당신은
누구신가요
모든 상처와 죄를 덮어 버리고
하얀 축복으로 떨고 있는 당신은?
곧 한 장의 달력을 넘기기도 전에
흰 발자국 어디로 가고
그 자리에 초록 처녀들
새 웃음 터뜨리면
짐승들도 불현듯
감미로운 우울증을 앓는 봄날이 오고
허락도 없이
내 안에도 또
사랑의 물 차오르다
그러다가 거짓말처럼
아무도 모르는 곳으로 떠나겠지요
오늘 흰 발자국 빛나는 거짓말
눈이 되어 내려온 당신은
진정 누구신가요

저녁 별처럼

기도는 하늘의 소리를 듣는 것이라
저기 홀로 서서
제자리 지키는 나무들처럼

기도는 땅의 소리를 듣는 것이라
저기 흙 속에
입술 내밀고 일어서는 초록들처럼

땅에다
이마를 겸허히 묻고
숨을 죽인 바위들처럼

기도는
간절한 발걸음으로
한 번도 가 보지 못한
깊고 편안한 곳으로 걸어가는 것이다
저녁 별처럼

밥상 이야기

여기가 역사의 발원지 같다
옹달샘처럼 빙 둘러앉은 밥상에
숟가락들 가지런히 놓여 있는
저 예사롭지 않은 풍경을 보라

남편과 아내가 있고
그 아래 자식들이 딸린 구조
그래서 이곳을
흔히 행복의 원천으로 오해하기도 한다

철사로 동여맨 분재 나무처럼
혈연으로 꽁꽁 얽힌
우리들의 홈 스위트 홈
한 이상주의자가
지상에다 작은 천국을 만들려다
끝내 완성을 보지 못한 곳인지도 모른다

날마다 사랑을 파 내려가는
길고 긴 인내와 습관의 밭고랑

행복을 실습하기 알맞은
어쩌면 가장 민감한 정치 1번지

가끔 희망처럼 아이가 태어나지만
빙 둘러앉은 숟가락들이
서로를 파먹다가
하나 둘 흩어져
결국 서로의 가슴에 깊이 매장된다

이 밥상의 이야기는
지상이 끝나는 날까지 지속될 것이고
아마도 우리는 그것을 역사라 부를 것이다

내가 한 일

어머니에게 배운 말로
몇 낱의 시를 쏟아 낸 일이 있습니다
하지만 그것은 결국
욕망의 다른 이름이 아니었을까요
목숨을 걸고 아이를 낳고
거두고 기른 일도 있긴 하지만
그것도 시간이 한 일일 뿐이네요
태어나서 그저 늙어 가는 일
나의 전 재산은 그것입니다
그것조차 흐르는 강의 일이나
기실 저 자연의 일부라면 그러면
나는 아무것도 아니고만 싶습니다
강물을 안으로 집어넣고
바람을 견디며
그저 두 발로 앞을 향해 걸어간 일
내가 한 일 중에
그것을 좀 쳐준다면 모를까마는

하늘 아래 내가 있다

— 스웨덴 〈시카다 상〉 수상 소감

먼저 스웨덴의 〈시카다상〉 위원회와, 아름다운 이 자리를 마련해 주신 라르스 바리외 스웨덴 대사님 내외분께 진심으로 감사를 드립니다.

저는 오늘 밤을 영원히 잊지 않을 것입니다.

최근 저는 11번째의 시집 『나는 문이다』에 이어서 『다산의 처녀』를 세상에 내놓고 이상하게도 큰 우울 속에 빠져 있었습니다. 아마도 깊은 산후(産後) 우울증 같은 것이었던가 봅니다. 이런 때에 뜻밖에 스웨덴 대사관으로부터 〈시카다상〉 수상자로 결정되었다는 소식을 들었습니다.

늘 동경하던 문학의 나라 스웨덴, 그리고 강인한 생명력으로 길고 잔인한 여름을 노래하던 시카다(cikada), 즉 매미의 이름을 딴 이 상의 소식을 듣는 순간 시인으로서의 제 생명은 기쁨과 축복에 휩싸이게 되었습니다.

생애에 몇 번 만날 수 없는 순간이었습니다.

핵폭탄으로 폐허가 된 히로시마에서 처음으로 생명의 징후를 드러내며 힘차게 울었다는 매미의 울음소리는 참으로 많은 것을 의미합니다.

저는 오늘까지 40여 년 동안 한국의 시인으로서 지난하고 먼 길을 걸어왔습니다. 그 길고 긴 여정 앞에 놓인 것은 오직 백지뿐이었습니다. 그리고 누구도 가 본 적이 없는 모르는 길 하나가 전부였습니다. 옛 경전에 나오는 고승처럼 바늘로 동굴을 뚫거나. 혹은 벽돌을 갈아 거울을 만드는 것 같은 그런 길도 아닌 길을 혼자 만들며 걷고 또 걸어야 했습니다.

물론 수상 소식을 듣는 그 순간에도 저는 백지 앞에 앉아 있었습니다. 시인이 먹어야 할 음식은 오직 고독이라고늘 말해 왔지만 고독과 고독을 너무 많이 포식한 데다가 너무 오래 의자에만 앉아 있던 탓으로 저는 몹시 뚱뚱해진 몸으로 그렇게 앉아 있었습니다.

바로 그 시점에, 어느 때 보다 위로와 격려가 필요한 바로 그때에 〈시카다상〉이 저를 호명한 것입니다.

"너는 잘 가고 있다. 네가 가는 길이 바로 시의 길이다" 이렇게 속삭이는 것 같아 감격스러웠습니다.

제 작은 시가 어떻게 어디로 날라 가서 누구의 가슴을 흔들었기에 이런 상을 받게 되었을까요?

혼자 고통하며 쓴 부끄러운 제 시가 어떤 힘을 갖기는 가진 것일까요?

이틀 전 G20 정상회담 행사의 하나로 진행된 〈세계 문학 기행〉에서도 언급했지만, 저는 한국어로 쓴 제 시가 주변 언어(peripheral language)라는 한계에 갇혀 있다는 생각을 절실하게 하곤 합니다.

체코어를 벗어난 밀란 쿤데라나, 폴란드어를 벗어난 곰브로비치 같은 작가를 떠올려 볼 때도 있었습니다. 그때마다 번역의 중요성을 더욱 크게 깨닫곤 했습니다.

그렇다고 해도 기실 제가 언제나 가장 깊게 고민한 것은 한국어의 아름다움으로 내가 세계에 보여 줄 수 있는 오직 "나만의 세계"가 무엇인가 하는 것이었습니다.

오직 저는 쓸 것입니다.

나는 쓴다! 이것만이 축복이요, 건강이기 때문입니다. 지금부터 106년 전에 스웨덴에서 태어난 위대한 시인 해리 마르틴손과 저와의 오묘한 인연을 생각해 봅니다. 이 인연은 제가 쓴 시와 함께 또 어디로 어떻게 이어질 것이라 생각하니 가슴에 우레와 같은 전율이 차오릅니다.

다시 한 번 스웨덴 〈시카다상〉 위원회와 바리외 대사님 내외분, 그리고 추운 날씨에도 불구하고 오셔서 이 자리를 빛내 주시는 귀빈 여러분, 사랑하는 우리의 시인들에게 진심으로 감사를 드립니다.

그동안 제 시를 꼼꼼히 읽고 빛나는 평론으로 북돋아 주신 이 시대의 한국의 훌륭하신 평론가, 그리고 탁월한 언어로 번역을 해 주신 번역자 여러분에게도 진심으로 감사를 드립니다.

2010년 11월 13일
스웨덴 시카다상 수상식에서

문정희 1947년 전남 보성에서 태어나 서울에서 성장했다.
1969년《월간문학》신인상으로 등단했으며,
시집『오라, 거짓 사랑아』,『양귀비꽃 머리에 꽂고』,『나는 문이다』,
『다산의 처녀』,『카르마의 바다』,『응』등과 시선집『지금 장미를 따라』등이
있다.
영역 시집『Woman on the Terrace』를 비롯하여 프랑스어, 독일어, 스웨덴어,
스페인어, 인도네시아어, 알바니아어 등으로 번역 출판되었다.
현대문학상, 소월시문학상, 정지용문학상, 현대불교문학상,
천상병시문학상, 동국문학상, 육사시문학상, 한국예술평론가협회 '최우수
예술가상', 마케도니아 테토보 세계 시인 포럼 '올해의 시인상', 스웨덴
'시카다상' 등을 수상했다.
고려대 문예창작과 교수를 거쳐 현재 동국대 석좌교수로 있다.

나는 문이다

1판 1쇄 펴냄 2016년 5월 27일
1판 2쇄 펴냄 2021년 9월 29일

지은이 문정희
발행인 박근섭, 박상준
펴낸곳 (주)민음사

출판등록 1966. 5. 19. (제16-490호)
서울특별시 강남구 도산대로1길 62(신사동)
강남출판문화센터 5층 (06027)
대표전화 02-515-2000 / 팩시밀리 02-515-2007
www.minumsa.com

ISBN 978-89-374-3298-9 (04810)